¿Cómo van a la escuela los dinosaurios?

Herrerasaurus

Dsungaripterus

Stygimoloch

Centrosaurus

Monolophosaurus

Segnosaurus

Iguanodon

Silvisaurus

Diplodocus

Ceratosaurus

Herrerasaurus

Dsungaripterus

Stygimoloch

Centrosaurus

Monolophosaurus

Segnosaurus

Iguanodon

Silvisaurus

Diplodocus

Ceratosaurus

los dinosaurios?

Ilustrado por

MARK TEAGUE

SCHOLASTIC INC.
New York Toronto London Auckland Syndney
Mexico City New Delhi Hong Kong Buenos Aires

Originally published in English as *How Do Dinosaurs Go to School?*

Translated by Pepe Alvarez-Salas.

This book was originally published in English in hardcover by the Blue Sky Press in July 2007.

ISBN 13: 978-0-545-00229-5 / ISBN 10: 0-545-00229-X

25 26 27 28 29 22 23 24 25 26 27

Printed in the U.S.A. 165
First Spanish printing, September 2007

A Bonnie Verburg, editora dino-mita,

¡que siempre ha amado estos libros!

J. Y.

A Bonnie Verburg, por hacer libros fabulosos,

y a Kathy Westray, por hacerlos hermosos.

M. T.

DINOAUTO

¿Cómo va un dinosaurio
a la escuela?
¿Va caminando
o en auto lo llevan?

CERATOSAURUS

¿Siempre se retrasa

y tarda más que nadie

en salir de casa?

Cuando llega a la escuela
¿a todos intimida?
¿Intenta quitarles
a otros la comida?

SEGNOSAURUS

¿Sube a la carrera

y a la maestra irrita?

Uu Vv Ww Xx Y

¿Interrumpe la clase

haciendo bromitas?

¿UN DINOSAURIO GRITA?

HERRERASAURUS

SILVISAURUS

¿En mitad de la clase
se sube a una silla
y con su cola grande
apunta hacia arriba?

¿Abre su bocota

cuando no le toca?

MONOLOPHOSAURUS

Oo Pp Qq

¿Molesta todo el rato

y nadie aprende ni gota?

¿Revuelve la clase?

¿Hace ruido y alborota?

¿Se mete con las niñas?

¿A los niños provoca?

No, un dinosaurio es considerado.
Levanta la mano muy educado.
Y ayuda a sus compañeros
con mucho cuidado.

IGUANODON

DSUNGARIPTERUS

En el recreo juega
con muchos amigos.
Y gruñe a los niños
que son agresivos.

Antes de marcharse

deja todo recogido.

¡Así se hace, buen trabajo!

Mi dinosaurio querido.

Herrerasaurus

Dsungaripterus

Stygimoloch

Centrosaurus

Monolophosaurus

Segnosaurus

Iguanodon

Silvisaurus

Diplodocus

Ceratosaurus

Herrerasaurus

Dsungaripterus

Stygimoloch

Centrosaurus

Monolophosaurus

Segnosaurus

Iguanodon

Silvisaurus

Diplodocus

Ceratosaurus